Todo lo que fuimos

Alberto Villarreal

Todo lo que fuimos

Planeta

Diseño de portada: Planeta Arte & Diseño / Anilú Zavala
Ilustraciones de portada: iStock / Maria José González Camarena (@italusa.jpg)
Fotografía del autor: Luis de la Luz
Ilustraciones de interiores: Lucero Elizabeth Vázquez Téllez

Bajo el sello editorial PLANETA M.R.
Avenida Presidente Masarik núm. 111,
Piso 2, Polanco V Sección, Miguel Hidalgo
C.P. 11560, Ciudad de México
www.planetadelibros.com.mx

Segunda edición en formato epub: octubre de 2022
ISBN: 978-607-07-9361-5

Segunda edición impresa en México: octubre de 2022
ISBN: 978-607-07-9194-9

Impreso en los talleres de Litográfica Ingramex, S.A. de C.V.
Centeno núm. 162-1, colonia Granjas Esmeralda, Ciudad de México
Impreso y hecho en México - *Printed and made in Mexico*

Para mi niño salvaje

Prólogo

Hola, qué bonito volver a encontrarnos después de tanto tiempo. Aún me sorprende darme cuenta de que han pasado cinco años desde que *Todo lo que fuimos* se publicó por primera vez. Es un libro que al inicio me costaba trabajo clasificar, pero con el tiempo y, mirando hacia atrás, lo reconozco como un poemario muy libre. Los poemas presentan una sola línea temporal con toques narrativos que los vuelven casi un cuento poético. La poesía suele ser personal, apasionada, directa y honesta. *Todo lo que fuimos* es todo eso. Sin embargo, debo confesar que ya no sé qué partes del libro son anecdóticas y cuáles forman parte de la espiral caótica del amor manipulado.

En esta historia nos encontramos con dos personajes sin nombre y sin rostro que, a través de ese anonimato, nos permiten reconocernos en ellos. Los protagonistas podrían ser yo, el autor, o cualquiera que abra este libro. Hay emociones, sentimientos y pensamientos reales en él. Es decir, tiene corazón propio. Y al igual que casi toda la literatura,

el poemario que tienes en tus manos es ficción. Este libro hace mucho tiempo dejó de ser mío y pasó a ser de todos ustedes, quienes con completa libertad han llenado los huecos con sus ficciones y realidades.

He tenido la oportunidad de escuchar y leer cómo muchas personas han conectado con *Todo lo que fuimos* y, al prestarles atención a sus anécdotas, entiendo por qué se ha convertido en un ungüento, un acompañante en el duelo, ya sea de una pareja o de una amistad. Hombres y mujeres han encontrado en estos textos una nueva perspectiva para analizar sus propias relaciones y también para lamer sus heridas. Se han sentido menos solos y eso es justo lo que siempre busco al leer un libro. Para mí es un ciclo: escribir para sanar, publicar para abrazar y leer para crear una comunidad.

Todo lo que fuimos (2017) fue mi primer poemario y en mis muchas relecturas veo cómo fue el libro que sentó las bases para lo que soy ahora. *Todo lo que dejas cuando llegas y te vas* (2020) y *Aquí no hay sed* (2022) no serían lo que son sin el aprendizaje, crecimiento y madurez que llegó con la imperiosa necesidad de escribir este primer libro lleno

de caos y libertad. Me parece divertido que todo lo que fuimos se haya convertido en todo lo que fui. Volteo hacia atrás y me reconozco en esas páginas que me permitieron empezar la trayectoria para convertirme en el escritor que siempre he querido ser y del cual me siento cada vez más cerca.

Los escritores solemos sentir que un libro nunca está realmente terminado. Queremos agregar, quitar, cortar, mover, en pocas palabras: reeditarnos. Esa sensación está con nosotros desde el momento en que enviamos el primer archivo y continúa acompañándonos incluso después de que el libro ya ha sido leído por docenas, cientos o miles de personas. Con las reediciones tenemos la tentación y, en muchos casos, la oportunidad de hacer esos cambios que tanto rondan en nuestra mente. Por esta ocasión he decidido resistir a esa voz en mi cabeza. Es difícil saber cuántas personas han leído un libro, pero si convertimos los ejemplares vendidos en lectores, podemos darnos una idea. *Todo lo que fuimos* es, hasta ahora, mi libro más vendido y esto me lleva a creer que es mi libro más leído. Meterle tijera sería, de alguna manera, traicionar a los lectores que ya han pasado por él y han creado sus propios recuerdos. Los textos de este libro perma-

necen intactos, tal como fueron escritos hace más de cinco años. Cambiar la historia hoy, después de todo lo que vivimos, no cambia el pasado. Saber que las cosas pudieron ser diferentes está bien y es importante reconocerlo para crear nuestro futuro y llevarnos al lugar que anhelamos.

Si es tu primer acercamiento a este poemario, espero que te abrace y te ayude a sanar. Si es un reencuentro, gracias por seguir eligiendo *Todo lo que fuimos* como compañero.

Les quiero.
Alberto Villarreal, 2022

SERENDIPIA:

Nuestro amor fue más complicado que hallar una aguja en un pajar. Porque quien está buscando tarde o temprano encuentra. Sin embargo, yo me buscaba y te encontré. Serendipia es «un descubrimiento o un hallazgo afortunado e inesperado que se produce cuando se está buscando otra cosa distinta».

Carta 1

31/10/2014

No creía en el amor a primera vista. Tú me hiciste crecer y vivir tantas cosas. Aunque esta carta la escribo en retrospectiva, podremos fingir que fue escrita en ese tiempo.

Nos hemos encontrado por primera vez. No siento eso que meses después sentiría. Estoy de visita en tu ciudad, amigos en común nos presentaron... aunque eso ya lo sabes. Hablamos poco, porque hay mucha música y más alcohol. Pienso que jamás había conocido a una persona con tanta energía. Te trato de emparejar con mis amigos porque sé que te quiero en mi vida solo de esa forma. Sé también que ya eres una de mis personas favoritas en el mundo.

Mañana regreso a mi ciudad; fue bonito conocerte.

TU SENTIR

Escríbele, ¡claro! Aunque después no lo mandes. Aunque lo queme. Así puedo pasar toda la noche hablando contigo sin que te enojes. Lo haré con la pluma fuente. La de las cosas importantes. Porque esto es algo grande. Porque fuiste algo más allá de mi dolor. Porque eres algo que aún palpita. Porque vas a seguir siendo mi derrota y mi esperanza. Aunque no quisiera; pero sí quiero.

PEQUEÑOS ACTOS DE AMOR

Hemos empezado a salir, y sé que me quieres porque cuando vamos en tu coche no me sueltas la mano para conducir.

DÍA DOS
A TU LADO:

¿Quién diría que merecía ser feliz?

Madrid

Iniciaste una revolución en la piel,
hiciste Madrid en mi jardín.

Te quiero conmigo

Tú que solo escribías en líneas rectas,
apoyada del papel rayado,
te rebelaste
para escribir que «Sí» me querías a tu lado
en aquella servilleta del restaurante del
aeropuerto.

¿Quieres ser mi novia?
Sí

GRACIAS POR LOS DÍAS

NUEVAS FORMAS DE AMARNOS

Tú y yo besamos muchas veces antes otros labios,
así que inventamos otros besos.

TÚ

Artista que pinta sonrisas en rostros desconocidos.

Carta 2

09/05/15

Hemos empezado esta nueva revolución, ¿quién lo diría? El 9 de mayo jamás volverá a ser un día normal. Ahora tú estás de visita en mi ciudad, resulta que no podrás dormir en el departamento de tu amiga... Una casualidad bastante interesante, si me lo preguntan. Te ofrezco mi ~~casa~~ cama y terminamos durmiendo juntos. En la mañana hablamos de cómo somos ganadores en nuestro propio juego, expertos en derrotar aquellas almas enamoradas de nuestros cuerpos. Apostamos a nuestro favor. Yo no saldré lastimado y al parecer tú no te dejarás vencer. Te muestro mi ciudad, como quien quiere hacer un mapa de sí mismo. Esto de las relaciones a distancia no son lo mío, pero sigo perdiéndome en ellas... Quizás esta vez funcione, quién sabe. Te he dejado en el aeropuerto con todo y beso romántico. No sé si fue mi imaginación, pero creo que al verte cruzar el filtro de seguridad mi respiración realmente se detuvo unos segundos, ¿será que yo terminaré perdiendo?

Esto te lo escribo con tinta roja

El rojo es el color de la pasión, de la brasa y el fuego.
El rojo es tu color favorito.
Escribo a mano, ya sabes, mi letra es un desastre.
Aun así, esto ha sido escrito por mí para que
me sientas más cerca.
Entrelazo mis dedos con los tuyos
y te doy dos apretones.

TE - QUIERO.
(Así, en clave, para que nadie más lo sienta).

¿CÓMO ESCONDER EL AMOR?

Deja que nos miren al besarnos,
déjalos hablar, y sintamos pena por aquellos.
Jamás podrán besar como tú y yo.

HOY HICIMOS EL AMOR

Hoy hicimos el amor y, entre gemidos, suspiros y sudor dijiste que me amabas. Yo reí y tú creíste que me burlaba. Nunca has sabido cuánto te amo, ¿verdad? «Te amo», me dijiste y sonreí al sentirme dentro de ti, de tu corazón. Sentí tu palpitar y abrí los ojos (amo a ojos cerrados). Me descubrí otro, diferente. No soy yo después de estar dentro de ti. Me entregué muchas otras veces antes a placeres de una noche y terminaba vacío. Vacío cada vez más. Llegas tú y me besas y me llenas con palabras de amor en el momento que menos he esperado. Río como niño pequeño porque en ese momento, y no en ningún otro, me he descubierto a mí mismo.

INÉDITA

Y no es hasta que estamos a solas
cuando saca sus sonrisas inéditas,
sus orgasmos jamás vistos.

BAJO LA PIEL

Te he visto desnudar el cuerpo cientos de veces.
Ayer desnudaste tu alma
y creo que ya nada será suficiente.

VOY A JUGAR
CON LAS
PALABRAS
CUANDO NO
TENGA TUS BESOS.

PARA TI

Yo he tenido que salir de la ciudad
mientras tú estabas aquí.
Mi madre te ha dado las llaves de mi casa
y de mi coche.
Creo que me está entregando a ti.

Soy tu estrella

Te regalo una estrella,
es tuya para bajarla.
Aquella que no relumbra,
es tuya para incendiarla.
Tú que haces brillar lo que ha muerto.
Tú que, al mirarme y sonreír, me revives.

NOCHE ESTRELLADA

Porque entre el Van Gogh y tus ojos…

CUERPOS CANSADOS

Cuando no haya a quién desearle buenas noches,
me iré a dormir temprano.

TQ

Hay sentimientos que no deberían abreviarse.
Te quiero.

TE BESO

Cuando la beso, todo está bien,
y no lo digo de forma romántica o sexual,
sino de forma depresiva.
Cuando no nos besamos, hablamos
y actuamos y nos hacemos daño.

¿QUIÉNES SOMOS?

Tú siempre has sido mejor que yo
y aun así te enamoraste de mí.
Supongo que viste algo en mí
que yo sigo sin descubrir.

Carta 3

28/12/15

Ay, amor... ¿cómo es que nos han encontrado tantos obstáculos? La distancia, más que atacarnos, nos unió, pero ahora parece cambiar de opinión. Debo decir que fue ingrato aquel tiempo que pasé con tu familia cuando fui a visitarte en Navidad. Ataques a mi ciudad, a mi gente y a la persona que amas. Jamás entenderé a tu madre ni a tu hermano... Si tan solo hubieras dejado a tu cuerpo recibir algunas flechas, quizá no estaríamos hablando de esto. Nunca creí que el trabajo podría ser un impedimento. Ya sabes que soy un romántico y me gusta creer que nada detiene al amor. Pero tu trabajo, amor, tan pendiente de nuestra relación que no nos dejará caminar bajo el sol. A veces pienso que tú eres todo el sol que necesito. Lo siento cuando salgo a caminar por las calles y, si no me tomas de la mano, todo es tan frío y las metáforas son tan baratas y los sueños tan superficiales. Yo ya no sé querer por encimita.

MEMORIA SELECTIVA

Lo sostengo: deberíamos poder decidir qué recuerdos queremos conservar y cuáles queremos olvidar. Olvidaría, por ejemplo, tu silencio en la comida navideña, cuando tu hermano atacaba a mi gente, a mi tierra. Conservaría, sin duda, la última noche; más que tus palabras, tus silencios. El misterio de tu mirada la guardaría en mi memoria como si fuera la única.

LA HISTORIA QUE JAMÁS PODRÉ CONTAR

Escribo para tratar de explicar lo que me haces sentir, pero fracaso y me alegro. Espero que nunca nadie sepa qué es lo que siento; qué terrible sería que mis palabras lograran igualar lo que tus labios han construido.

UN HELADO

¿Recuerdas cuando te compré aquel helado? Lo pedí en vaso cuando tú lo querías en cono. Ahora me doy cuenta de lo que somos, de lo que hacemos. Nos damos amor no de forma incorrecta, pero tampoco en la forma que esperamos. Aprendimos a amar con nuestros errores.

Y QUÉ SUERTE
TUVIMOS
DE TENERNOS.

SIN TÍTULO

Si te quiero perder o si te quiero conmigo no lo sé.
¿Lo sabrá el destino?

¿CÓMO SE MIDE EL AMOR?

Me he encontrado con personas que aman con moderación y no sé si ellos son los sanos y nosotros los enfermos.

SIENTO POR TAN
POCO, PERO
SIENTO TANTO.

EL LATIDO DE TU CORAZÓN

Hay pocas cosas que jamás podré olvidar. No olvido el día que noté tu mirada en mí. No olvido las noches entrelazados. Siempre has sabido que no puedo dormir con alguien muy cerca de mí y, aun así, me enseñaste a dormir contigo. No olvido que me hiciste mejor persona. No olvidaré que me hiciste confiar, creer en el amor.

Hay algo más que no he podido olvidar, ¡caray! Cómo me gustaría poder olvidar el latido de tu corazón golpeando contra mi pecho en aquel último abrazo. Tu corazón salvaje embistiéndome. *¡Pum-pum-pum!* Olas de mar golpeando mi pecho.

Allá arriba, en esa azotea, me dijiste que sabías lo que yo había hecho.

Y ahora tengo miedo de que tú nunca olvides el daño que te hice.

Carta 4

19/01/2016

Nunca he dudado de lo que sientes por mí. Ojalá pudieras ver cuánto amor tengo depositado en ti. Aun así te fui infiel, más de una vez, con más de una persona. Jamás fue porque no te quisiera o porque en aquellos cuerpos pudiera encontrar algo que no tuviera contigo. Esos encuentros casuales solo me vaciaban y, pese a todo, regresaba a vaciarme más. Tirar aquello que estaba mal. Jamás he tratado de justificar mis errores. He pasado años escuchando a las personas decirse que son solo humanos, que cometen errores; pero ¿acaso no todos lo hacemos? Mamadas. Sí, todos nos equivocamos, pero tenemos que estar listos para afrontar consecuencias y admitir culpas. Fui un cabrón, un hijo de puta. Sinónimos de lo que está mal. En mis momentos pasados no te merecí. Aunque me paro frente a ti, admitiéndome desleal, no pienso ir dejando huecos. Me rehúso a acumular besos para el invierno.

¿CÓMO DUELE TU DOLOR?

Quisiera poder arrancarte el dolor.
Hacer mío tu sufrimiento,
sentirlo,
que me queme el cuerpo.
Te veo y te he visto padecer por nuestro amor.
¡Ay! Cómo me duele tu dolor
y, aun así, sigue siendo tuyo.

LO SIENTO

Siempre me ha parecido humillante arrastrarse por alguien que ya no quiere nada con uno y, aun así, estoy tirado en esta cama doliéndote, gritando, más que mi amor, mi arrepentimiento.

VACÍAME

Si te vas, llévatelo todo.
No me dejes residuos de lo que fue
y, por favor,
llévate la esperanza de lo que pudo ser.

¿SABRÁS QUE ESCRIBO DE TI?

Nunca supiste cuánto te amaba;
ahora ¿sabrás que escribo de ti?
Escribo para ti y por ti.

CUANDO LO QUE SIENTO YA SE HA DICHO

Elena Poniatowska escribió:

«No es que la extrañe, es que la traigo adentro… No es que la extrañe, es más que eso. Corro tras de ella… No es que la extrañe es que la vivo».

SINCERO

Te hice daño, es cierto.
Nunca fue porque no te amara.
Fue porque no me amaba a mí.

La persona que más me vio llorar

Te has bebido mis lágrimas en pequeños actos de amor.

¿Cuántas veces aquellas sinceras lágrimas cayeron frente a ti?

Nadie me ha visto llorar como tú. Y una vez más, con solo mirarme, puedes hacerme llorar, porque me veo en ti. Puedo ver la forma en la que me miras y sé que nadie más me ha mirado así; sé también que nunca alguien me volverá a ver de esa manera y vuelvo a llorar. Esta vez mis lágrimas resbalan, caen al suelo. No hay nadie que pueda beberse mi dolor.

FELIZ CUMPLEAÑOS

Cuando vuelves a mí te pido que te quedes. Nunca me escuchaste, claro.

¿Cuánto tiempo ha pasado desde que te fuiste? Tú sabes cómo odio contar los días, pierden sentido. ¿Cuántos de tus besos me he perdido? Vaya desgracia, ¿no? Perder tus besos. También me he perdido a mí mismo, ahora me doy cuenta, por eso huiste.

¿DÓNDE ESTÁS?

¡Oye!, regresa.
Escucha, que no te pienso rogar una vez más.
Pero regresa.

NUESTRAS CANCIONES

Esta madrugada,
treinta y ocho canciones he pasado
pensando en ti,
y es que las noches son tan largas
y las canciones tan cortas.
Me da miedo dormir,
porque como yo te sueño,
nadie ha soñado contigo.

Aullidos

Quiero aullarle mil cosas a la luna.
Que te quise, que te quiero… o peor,
que te amo.

Camuflaje

Estoy con mis amigos. Alguien habló de ti, de la vez que todos fuimos a un bar en tu ciudad, y me llenó de memorias.

El cielo sobre nosotros está cubierto con nubes y yo solo deseo que empiece a llover para poder llorar.

TU PROMETIDO

Hoy mi prima llegó a casa y emocionada nos compartió —aunque muchos dirán que nos presumió— su nuevo anillo. Se lo dio Felipe, su ahora prometido.

Me resulta extraño cómo se pasa de ser novio a ser «prometido». Qué palabra tan rara. Y ahora te pienso, como todos los días. Te prometí muchas partes de mí. Primero pediste mi pecho para dormir en él y yo lo hice tuyo, después fueron mis manos, mis labios, mi espalda.

Ya no recuerdo qué partes de mi cuerpo me siguen perteneciendo.

SOMOS

Muero porque fuimos y ya no somos
y cuando somos, lo somos a medias.

Eres

Eres todo lo que yo no soy;
la voz que hace vibrar paredes,
la seguridad que ilumina,
los besos que jamás me podré dar.
Eres también
el lugar al que siempre querré volver.

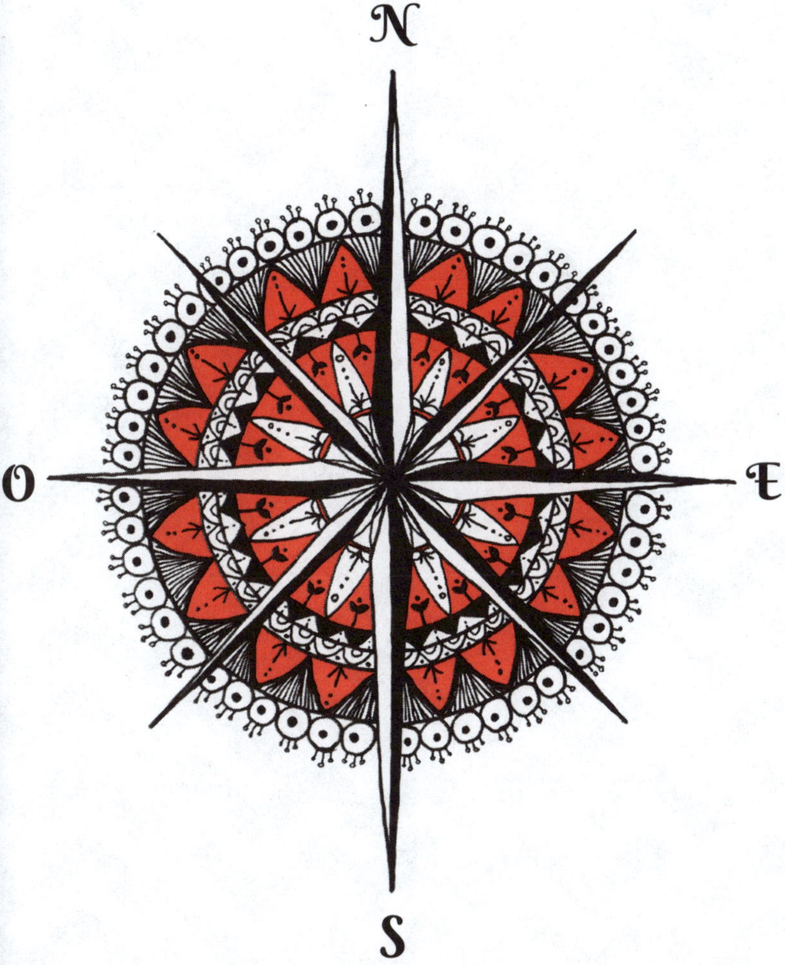
N
O
E
S

TUS BESOS

Le presumiré a otras mujeres tus besos.
No les hablaré de ellos.
Sentirán mi experiencia ganada.

¿Qué es el amor si no eres tú? ¿Qué es el amor si no eres

tú? ¿Qué es el amor si no eres tú?

Tú eres el amor.

EFÍMERO

Me gusta la palabra *efímero*,
como nuestros besos, nuestro amor
y nuestras ganas de tenernos.
Si tú y yo somos efímeros,
¿qué podíamos esperar de nuestro amor?

Llamada perdida

Amor: 4:08 a. m.

ESTOY VACÍO DE TI

Estoy necesitado de ti,
de lo que fuimos.
Se me acabaron las reservas de tus besos.
De tus abrazos, ni hablemos,
esos se me fueron contigo.

Botellita donde se guarda el amor

No quiero estar con nadie.
No busco amar a nadie más,
sé bien que tú eres la botella donde se guarda el
amor.
No lo busco, porque ya sé dónde encontrarlo.
El amor no se bebe de un trago.

Tú

TO THE MOON AND BACK TWICE

Que nos queremos de aquí a la luna
y de regreso,
que el corazón solo bombea
y ahí está la magia,
porque nos queremos conscientes;
con el alma y las manos,
con lo que vino y con lo que vendrá.

Y VIVIERON...

Y le pido a Dios… no, a Dios no.
Le pido a la vida que seamos
la excepción a la regla,
que seamos una mejor segunda parte.

LO QUE SE ENCUENTRA CUANDO NO SE BUSCA

Serendipia.
No eres lo que buscaba, no te puedo mentir.
Pero vaya que me hiciste feliz, una vez y otra vez.
Una vez más.

Una vez más.

Carta 5

06/05/2016

Qué larga ha sido la reconciliación y que rápido se ha largado. Andrés Suárez cantaría: «Dijo que no era tan mala pero no era diferente».

Me heriste y con esto has traicionado tu propio dolor, ¿es que no recuerdas, amor? Yo no puedo sacar de mi cabeza las lágrimas, los ataques de ansiedad por la noche. Esa falta de oxígeno. Esto no se trata de merecer o no tu traición. La merezco. Si tú eras la mejor persona en la relación, ¿qué eres ahora? Y es que tu cuerpo parece ser templo de falsas religiones.

¿Por qué volver a vivir el fuego?

LAS LLAMAS DE LOS LIBROS INCENDIADOS

Solo los libros te darán calor.
Ni mi cuerpo, ni mis besos.
Me recordarás, pero ni mi recuerdo, ni los sueños,
ni las noches en otros brazos te salvarán.

RECUPERAR

Que encontremos nuestro amor en *lost and found*.
Le quitemos el polvo y volvamos a ser nosotros.
Una mejor versión de nosotros.
Que las luciérnagas destellen al vernos bailar
en la oscuridad,
celosas de nuestro brillo.

Cañones

Hicimos el amor como quienes se quieren hacer daño.

AL MAR
Y A TU CUERPO
SOLO REGRESO
DESNUDO.

ODIO

Debo confesar que te odié.
Cuando me hiciste rogar por tu compañía.
Cuando me abandonaste en aquel viaje
y te enredaste con personas que no te querían.
Te odié tanto cuando dijiste que me amabas
pero que tenías que dejarme ir.

Cuando no podemos decir Te Quiero

Nuestros abrazos duran solo un poco más que el
resto
para demostrarnos que no somos amigos.

«PIES PA' QUÉ LOS QUIERO»

¿Por qué te fuiste con él?
¿y con el otro?
¿y con aquel?
Cuando yo planté mis pies firmes en la tierra
a ti te dio por volar.

INFIELES

Tú y yo.

TODO ACABÓ EN LA CAMA

Todo acabó en la cama; no en la tuya ni en la mía, sino en la de otros tantos hombres y unas cuantas mujeres. Nos repetimos muchas veces que nos amábamos cuando veníamos de vaciarnos con extraños, tú en tu ciudad y yo en la mía.

COBARDÍA

Veo tus putos ojos que buscan putos cuerpos
por todos los putos lados
y me reflejo en ellos.
Veo a un puto más que buscaba lo mismo.
Este puto arrepentimiento llega tarde.
Si hubiera sabido que esta puta forma de ser
me llevaría a perderte,
habría cambiado de una puta vez;
pero qué cobarde soy.
Hasta que mi puto corazón te perdió,
mis putos ojos vieron lo que pasaba.

HOY NO
DUERMO Y
NO ES POR TI.

SOMOS

Si esto que escribo lo ven otras personas,
sepan que ella no es tan mala,
tampoco es tan buena.
Ella era mía, y la odio y la amo.
Y la herí y me hirió.

LLORA, POR FAVOR, LLORA

Perdona el egoísmo,
pero admito que ansío verte llorar.
Y te pienso tirada en aquella cama
que tantas veces nos sintió arder.
Te veo abrazada a tus sábanas,
porque ya no hay más.
Y me reconforta saber que sufres.
Que no soy el único.

8.8 en la escala de Richter

Dejemos algo claro: no eres el primer desastre natural que hace estragos en mi vida. El dilema aquí es que me encuentro con una contradicción: fuiste tú quien más construyó en mí.

LO QUE ERES

Yo te amo,
pero a mis letras les da por odiarte,
nunca las he entendido.
Mi voz te ama, ¿lo sabes?
Me he descubierto muchas veces
hablándole a los demás de ti,
de lo que eres para mí.
Y se me asoma una sonrisa.

MIS DESEOS

Que cuando quieras llorar, no haya lágrimas.
Que nuestros lugares se te vuelvan tierra
radioactiva.
Que cuando pienses en mí, se te queme el cuerpo,
y pensarás en mí muchas veces.

¿CÓMO TE METISTE?

Que hasta mis sábanas nuevas huelen a ti.
Que las canciones y las películas y los poemas te nombran.

NO DUDO DE TU AMOR

Dudo de ti, de lo que haces por las noches,
y a la vez sé que dudas de mí todo el tiempo.
Y fingimos confiar porque es más seguro
que admitir que nos hemos extinguido.

TREGUA

Me temo que quizá esta historia está siendo
demasiado deprimente.
Sepan que fui feliz como nunca lo he sido.

QUÉDATE

Aléjame de ti, ¡carajo!,
que mis pies no dan paso atrás,
que mi corazón se empeña en rescatar lo perdido.
Sé que te quieres quedar,
pero vete de una puta vez,
que si te quedas, yo no me voy.

1988

Has visto más noches que la luna.

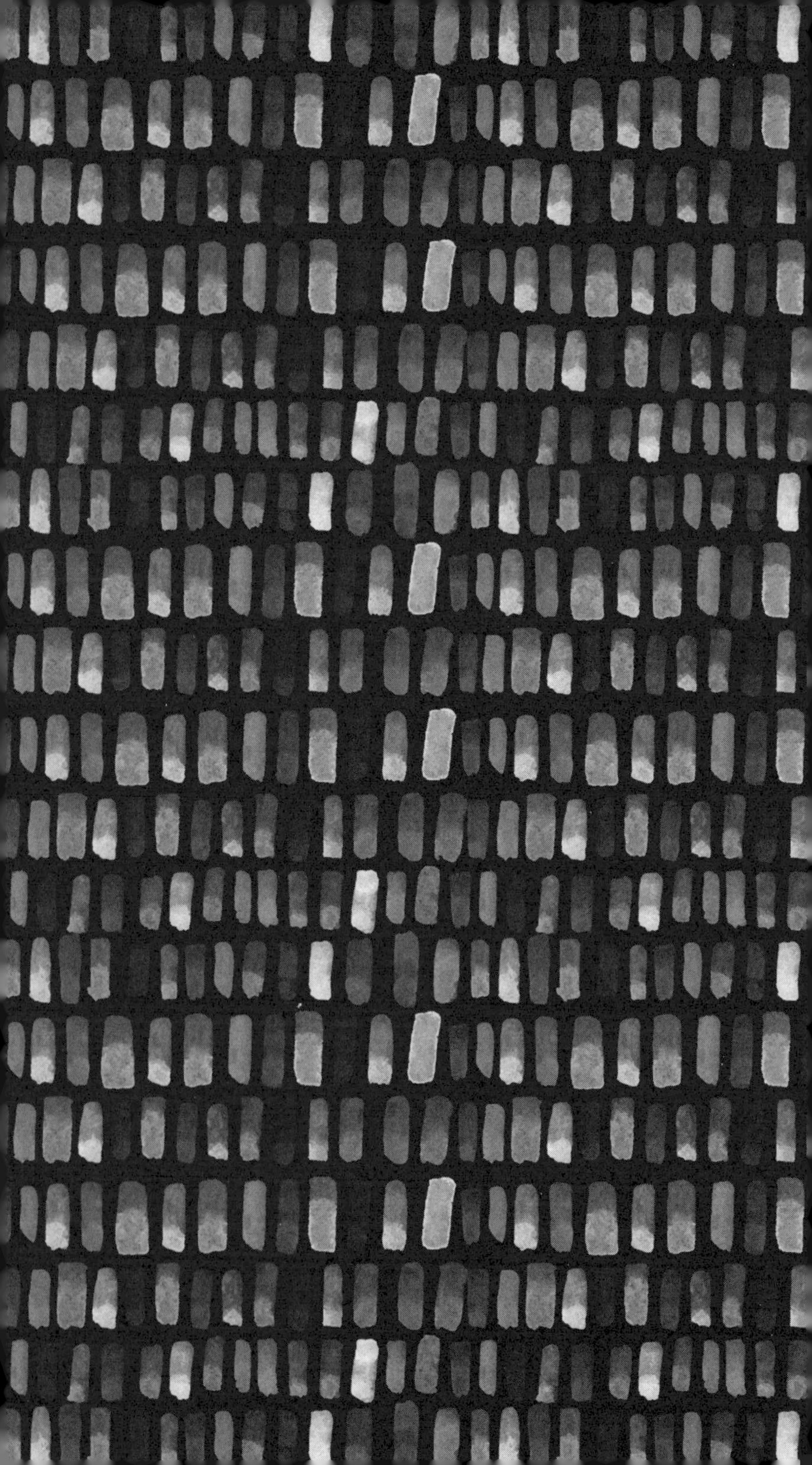

CORAJE

Habrá noches en la que estarás esperando mi
llamada
y no llegará.
Lo que quiero decir es
que estuve a nada de llamarte,
pero colgué.

PERDÓN

Perdón por las malas palabras que te he dedicado;
pasa que hace unas semanas no veo tus ojos
y tú ya sabes lo que es de mí cuando no te veo.

BRINDO POR TU COBARDÍA

No levantaste tu escudo para defenderme
del fuego amigo.
Que caminemos tomados de la mano,
pero solo en la oscuridad…
y termine caminando, solo,
por aquella ciudad a la que nunca llegaste.
Nunca te dio por mostrarme el corazón.
En realidad, nunca fuiste tan valiente.

¡OH, CAPITÁN! ¡MI CAPITÁN!

¡Oh, capitán!, ¡mi capitán!,
nuestro terrible viaje ha terminado,
nuestros cuerpos han sobrevivido
a todas las decepciones,
hemos conquistado el corazón que anhelábamos.
Tus labios están cerca, los veo rojos y altaneros,
¡oh, corazón!, ¡corazón!
A lo lejos puedo verlo:
yace frío y muerto nuestro amor.

UN MES SIN VERTE

Prohíbo tus ojos en estos tiempos de guerra,
donde todos los labios son trincheras
que me protegen de querer regresar
al caos de tus cañones.

JODER, NO
PUEDO DEJAR DE
PENSAR EN TI.

TUS COLORES

Quiero decirte que tengo miedo.
Los días pasan y te estoy olvidando.
No recuerdo tu aroma,
he olvidado cómo me abrazabas.
¿Llegará el día en el que tus ojos se irán de mí?
Estoy aterrado.
Amanece una y otra y otra y otra vez,
y el naranja del cielo va borrando tus colores.
¿Habrá alguien que te quiera como yo te quise?
Prometimos que mañana haríamos las cosas bien,
y mañana ya es hoy.
Nos mentimos muchas otras veces, es cierto.

TRINCHERAS

Vengo de estar en otras tierras, en otros labios.
Son diferentes, no cuadramos.
Y me besan con besos grandes y llenos de pasión
pero sin ternura.
Me da por enseñarles a besar,
pero ¿qué gano yo si no son tus labios?
Tú y yo éramos lo que todos buscan
en su primera y su última vez;
pasión desmedida sin nunca dejar de lado el amor,
y aunque en estos cuerpos me he sentido amado,
no he podido corresponderlos.

DOS BOTELLAS DE TINTO

Me llamas bañada en alcohol, lloras y pides perdón por romper nuestro pacto de silencio. Me lees cuentos de hadas, me dices que encontraré a alguien más, pero no seré feliz y es ahí cuando tú llegarás. Me dices también que estás trabajando para que pueda entrar en tu vida y seamos felices. Me pregunto por qué no podemos ser felices, ¿por qué tenemos que moldear nuestro mundo para amarnos? Que el mundo se adapte a nuestro amor. Es lo único que pido.

Un regalo

Recuerdo que te molestaba que escribiera sobre aquel viejo amor. Ahora lo comparo contigo y dudo de su autenticidad. En fin, aquí te dejo este libro, es tuyo. Por favor, deja ya de joder.

¿POR QUÉ NO REGRESAN?

Me he inventado un discurso, al principio improvisado. Yo sé que no nos falta amor.

Si no regresamos es porque nos hacemos daño, porque no confiamos, porque estamos lejos, porque su familia no entiende de qué va el amor, porque no le da por caminar bajo el sol.

CAER A TU PIEL

Fracasamos, es cierto, pero qué forma de fracasar.
He intentado fracasar mil veces más, pero son
finales secos.
Resecos esos falsos amores.
Lo que busco es fracasar como lo hice contigo,
con el corazón y todo lo que fuimos.

MENTIRAS

Ya no la quiero,
sus labios ahora se ven tan extraños.
Su recuerdo no me quita el sueño
y me va perdiendo, un poco, cada día.

ENTRE LOS HOMBRES

Me extrañarás cuando lo escuches a él cantar por lo bajo, cuando conduzca por la ciudad con las ventanillas arriba y la mirada en el camino. Pedirás que regrese a ti cuando bajo la mesa del restaurante no te busque los pies y la comida no tenga sabor, tampoco sus besos.

Me buscarás entre la gente y te enamorarás de sus similitudes conmigo, pero estarás incompleta.

SOMOS MÁS QUE ESTO

Estos textos son sobre nosotros,
pero realmente son sobre las relaciones
y las despedidas.

Y VIVIERON FELICES

Dame todos los finales felices
que no pudieron ser.
Dámelos en libros. En canciones.
Actúa los finales que no fueron.
Entrégame los amaneceres,
aunque siempre he preferido ver
cómo se oculta el sol.

NUESTRO FUTURO

Seguiremos esperando algo que no sucederá;
sé lo que nos va a pasar:
iremos olvidando los secretos.

CUENTOS

Recuerdo aquellos niños que no podían dormir
sin antes escuchar una historia de amor.
Y hoy dormimos sin saber del otro.
Sin pelear, pero sin amarnos.
Sin escuchar un *te quiero*.
Y *nos extraño*.

DESPEDIDAS

No sé si han de existir.

NO SEAMOS NADA

Existamos juntos
sin ser amantes ni amigos.
No hablemos a diario ni en navidades.
Escríbeme cuando te preguntes
en qué café estoy sentado.
Llámame cuando quieras saber si duermo solo.
No busquemos lo sano, sigamos los impulsos.

Barquitos de papel

Fracasamos en los juegos de niños; aquellos en los que basta ser feliz. ¿Qué podré decirle a ese chiquillo que sigue en mí?

Que el amor sí existe, pero no entre nosotros; que llegará alguien después o quizá posterior a ese; que le hará volver a creer. Que tendrá miedo otra vez. El miedo a perder lo que habrá ganado, que es el único miedo que debería sentir.

Que tener se trata también de perder.
Y que si bien perdimos, no somos perdedores.

BÉSAME SIN ESTAR

Deja que me invente los besos que ya no tienes para mí.

MI SONRISA, LA TUYA

Hoy limpié mi estantería y encontré aquel libro que me diste en mi cumpleaños. En la primera página se lee una cita escrita con tu puño y letra: «Su sonrisa prometía un paraíso perdido». Y sonrío por si me ves, por si necesitas recordar.

Lista de las cosas buenas

Me voy de aquí para siempre,
dejo lo que no vale la pena recordar
y me llevo todo lo lindo:
tomarnos de la mano al conducir,
los besos de aeropuerto a los ojos del mundo,
las llamadas de medianoche,
el amor en cada alto,
los sueños cumplidos,
los besos chiquitos,
los viajes en moto.
Me quedo con las vueltas en la cama
y aquellas que da la vida.

BIFURCACIÓN

No hay destino que parezca irnos bien.
Hemos intentado ser novios y amigos
y no parece funcionar.
¿Será quizá que el orden
de los factores sí altera el amor?
En nuestra rebeldía intentamos lo que no nos
estaba destinado:
amarnos.
Y con esa misma rebeldía me rehúso a seguir
el camino sencillo: tirar los recuerdos y odiarnos.
¿Cuántos senderos no hemos pisado?
Y es que el camino resultó no ser tan ancho.
Si tienes suerte no nos volveremos a ver.

NOS VEMOS, LINDA. FUISTE PARA MÍ.

LOS BESOS CHIQUITOS SON PARA LOS GRANDES AMORES

Te dejo un beso entre estas páginas.
Tú ya sabes cómo y de cuáles.

¿LA ÚLTIMA DESPEDIDA?

Fuiste y aunque digo que ya no te espero…
espero.
Y quizás un día nos encontremos
para hacer aquello que la gente llama sexo
pero que entre nosotros era algo más.
Que aunque no podamos estar juntos
solo hablaremos de lo bien que la pasamos.
Y las palabras que no hablan de amor
no son ciertas.
Porque fuiste y, a pesar de mi ausencia,
sigues siendo.
Que nuestros brazos abracen
todo lo que se nos fue de las manos.
Y nuestras miradas sanen
aquello que no se ha olvidado.
Al fin podremos irnos a seguir ese otro camino.

SERENDIPIA II

Fuimos dos agujas que se hallaron en el pajar del
amor.
Ninguna de las dos se buscaba.

P. D. Sé feliz,
nos lo debemos.